À Waldo, mon étoile polaire, et à Finlay Pocket, mon grand ami – SK

À Christine – ST

ISBN 978-2-7000-3189-8
Dépôt légal septembre 2011

PAO : Madjid Benhemam
Texte composé en Stempel Schneider
Imprimé en Chine

Loi n° 49-956 du 16 juillet 1949 sur les publications destinées à la jeunesse

Princesse Stella

Étoile,

le cheval des sables

Sarah KilBride

Illustrations de Sophie Tilley

Adaptation française Marie-Céline Cassanhol

Gründ

Le soleil était à son zénith sur les Écuries de l'Étoile,
et Princesse Stella avait emmené ses chevaux
se désaltérer au ruisseau ombragé.
– Qui a envie d'une balade ? proposa-t-elle.
Qui veut découvrir ce que le tunnel
de feuillages nous réserve aujourd'hui ?

Car, vois-tu, les chevaux de Stella étaient magiques !
Une balade sur leur dos se transformait toujours
en une escapade féerique dans une contrée lointaine.

Étoile posa sur Stella ses doux yeux bleus.
C'était un cheval très gracieux, à la robe souris.
Son front s'ornait d'une belle étoile blanche.

– D'accord, Étoile, à ton tour ! dit Stella.
Elle sella le cheval, attrapa son sac à malices
et se mit en route,
sans oublier son petit chat Tison.

En un rien de temps,
ils entraient au galop dans le tunnel de feuillages.
Princesse Stella retint son souffle.
Qu'allait-elle découvrir de l'autre côté ?

Un vent tiède caressait les cheveux de Stella
comme ils débouchaient dans un immense désert de sable.
Un foulard de soie couleur lilas flottait à son cou,
et elle portait de jolies mules violettes retroussées en pointe.

Des éclats de miroirs brillaient sur les rênes d'Étoile,
et sa crinière et sa queue étaient chamarrées de rubans rouges et or.
– Regarde ! s'écria Stella. Une citadelle en plein désert
– c'est une casbah ! Allons voir.

Stella frappa à la grande porte voûtée
et une belle princesse lui ouvrit.

– Bonjour ! Je suis la Princesse Zara, la salua-t-elle.
Bienvenue dans ma casbah.

Zara la conduisit dans une oasis verdoyante
et lui offrit une rafraîchissante tasse de thé à la menthe.

– J'espère que tu vas rester un peu, lui dit-elle.
Mes sept cousines, les princesses étoiles, viennent pour
la nuit. Cela me ferait très plaisir de t'accueillir parmi nous !
– Bien sûr ! dit Stella que cette idée enchantait.
J'adore les soirées entre amies !

Au soleil couchant, Zara et Stella disposèrent sur la table toutes sortes de gourmandises pour la soirée.

– Mes cousines seront là d'un instant à l'autre, dit Zara.

Stella s'attendait à ce que l'on frappe à la porte quand, tout à coup, une explosion de couleurs illumina le ciel.

Sept étoiles scintillaient au-dessus d’elles.

Elles descendaient en tourbillonnant, dans un sillage doré.

Les princesses étaient là, ravies de voir Zara
et de rencontrer Stella ! Très vite, elles se mirent à bavarder
tout en se régalant de fruits et de friandises.

– Il est temps de nous changer, dit Zara avec entrain.

À l'étage, les princesses entrèrent dans la chambre
la plus somptueuse que Stella eut jamais vue.
Un pyjama de soie était plié sur chaque lit.
– Je vais t'en prêter un, Stella, dit Zara en souriant.

Les princesses jouèrent à se parer de mille perles et rubans.

Mais bientôt, la petite Maya fut gagnée par le sommeil.

Il était l'heure pour elle de dormir.

Princesse Zara la borda dans le plus petit des lits en lui souhaitant bonne nuit. Tison se roula en boule sous son lit et s'endormit lui aussi.

Les princesses redescendirent à pas feutrés. Zara les conduisit dans une salle magnifique baignée par la lune et constellée de petites lanternes. C'était magique !

L'une d'elles chanta des airs si entraînants que bientôt, les autres se mirent à danser.

Les princesses, à force de pirouettes,
étaient tout étourdies.

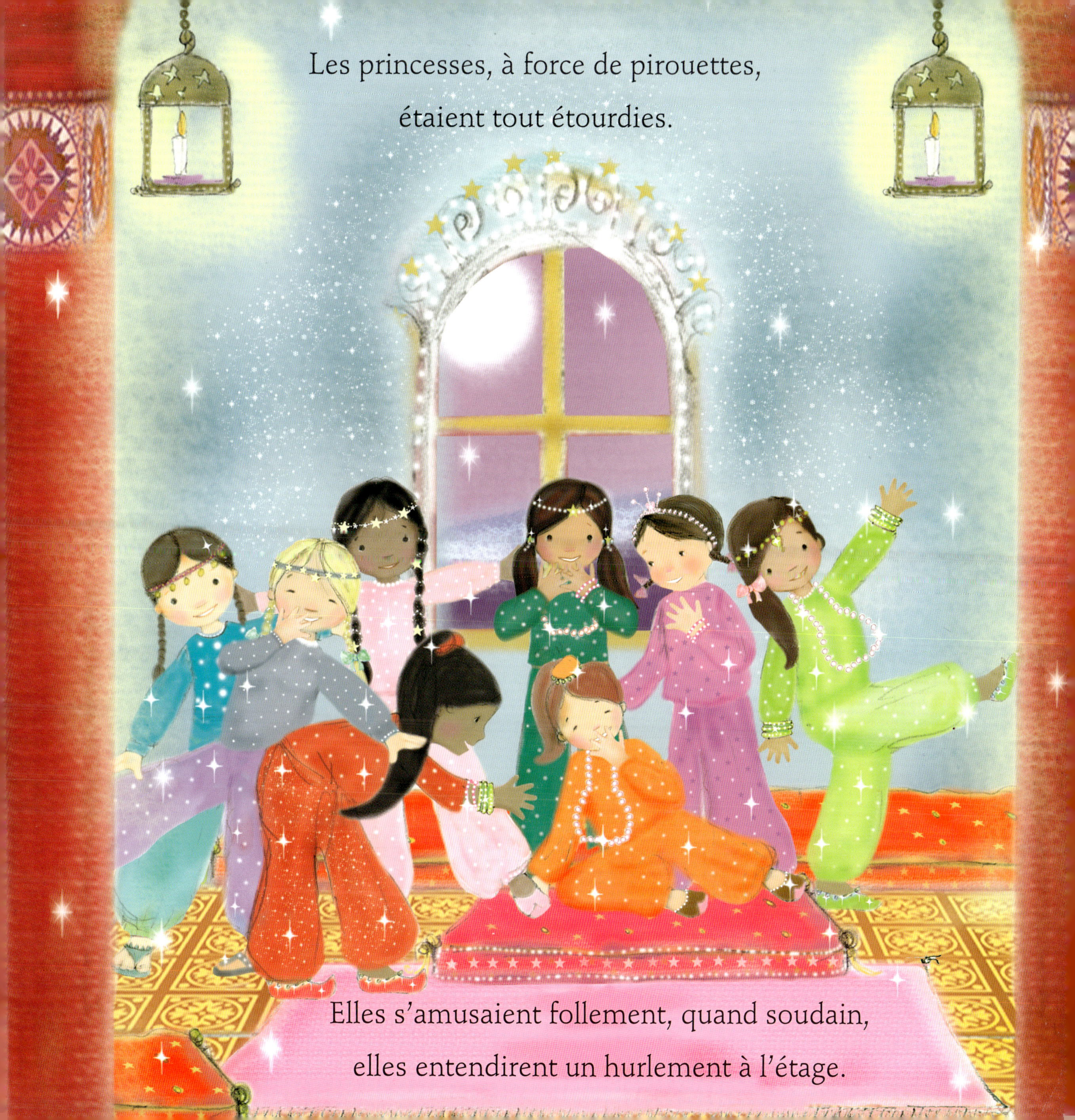

Elles s’amusaient follement, quand soudain,
elles entendirent un hurlement à l’étage.

Se précipitant là-haut, elles trouvèrent Maya en larmes.
– J'ai vu un monstre plein de griffes sortir de sous le lit, pleurait-elle.

Princesse Zara lui expliqua que les monstres n'existaient pas, mais au même moment, on entendit un bruit étrange, comme un grattement de griffes.

Les princesses se cachèrent en hâte
derrière les rideaux.
Une ombre imposante apparut sur le mur,
avec une énorme tête et d'énormes oreilles.
Ses terrifiantes moustaches frémirent.
– Aaah ! crièrent les princesses
en voyant l'ombre s'approcher.

Stella fouilla précipitamment
dans son sac à malices et sortit
une lampe qu'elle alluma aussitôt.
Et là, elles découvrirent…

... Tison !

Son ombre démesurée ressemblait à un monstre effrayant,
qui avait terrorisé Maya.

– Tison ! dit celle-ci en le caressant.

Évidemment que les monstres n'existent pas !

Les princesses se blottirent toutes dans un lit
pour se raconter des histoires féeriques
jusqu'à ce que vint l'heure pour Stella de partir.

Elle remit ses habits et dit au revoir à ses nouvelles amies.
Mais… comment retrouver le tunnel
de feuillages dans la nuit ?

– Ce tapis volant guidera Etoile,
la rassura Zara. Ne t’inquiète pas, tu ne te perdras pas !
Zara posa le tapis sur le dos d’Étoile,
et Princesse Stella et Tison s’installèrent.

Étoile s’élança au galop, transporté dans les airs.
Stella salua les princesses de la main. Et, en éclairant le désert
de sa lampe, elle aperçut enfin le tunnel de feuillages.

Dans la cour des Écuries de l'Étoile,

Stella brossa le sable resté dans la crinière et la robe de son cheval.

– Merci, chuchota-t-elle. C'était une belle aventure !

Quel merveilleux

petit cheval des sables !

Stella, dans sa chambre, se préparait pour la nuit.
Là, sur son oreiller, elle trouva un pyjama brodé d'étoiles argentées.
Elle regarda rêveusement par la fenêtre le ciel étoilé.

– Oh, merci ! dit-elle.
Et elle sut que les étoiles clignaient pour elle !
– Miaou, conclut Tison.
Bientôt, tous deux dormaient profondément.